JN067220

コピー用紙がめくれるので

田中眞由美

思潮社

コピー用紙がめくれるので

田中眞由美

思潮社

コピー用紙がめくれるので

田中眞由美

目次

I

カバー作品＝著者「any where」　装幀＝思潮社装幀室

I

コピー用紙がめくれるので

机の上に白いジャングルが育ちはじめると
南の島の森は　声をひそめる
ヴィリジャンからバーントアンバーまで

パラパラ　パラパラ　パラパラ
コピー用紙がめくれている
たとえば
　ＰＰＣ—Ａ４Ｍミックス品
　ＦＳＣ認証林あるいは管理された

森林からの製品グループです
1996 Forest Stewardship Council

森を消費するひとは
森を育てるひとを知らない
森は知らないふりをされる

勝手に育つはずの森は
ＯＤＡに横面を張られて以来
深緑色に茂れない

気化しつづける星の液体
乾燥大地は温帯モンスーンをけちらし
庭の繁みにも潜む渇き

消費ばかりが爪先立ち
アンバランスな国が
森に覆いかぶさる

パラパラ　パラパラ　パラパラ
オフィス街では
今日も森が風を吸いこみ
コピー機に　納まっている

ある日あるいは昨日

光が風に飛ばされていた
そんな午後を歩いて
ひとと別れた

改札をはいると飯能行の電車が見える　停車は発車を促すから階段を駆け下りる　車内では静止した時間がよどむ　動く気配は消えて居合わせた人は寡黙だ　デジタルの数字が落ち続けて異変を知らせ　時刻表は凍結される

行き先の下では　赤色のテロップが事象を掲
げる　こちらとそちらではたしかに時間は止
まった　事象は当事者とその他大勢を巻き込
み時間を食べ続ける解凍のみとおしは霧の中

時間を先に送りたくなかった人が抱えこんだ
荷物は重すぎて　そこで力が尽きた　車体の
重みが　きっちりと荷物を引き受け消し去っ
たか　跡形もなくなったものの検証に積もる
時間は　荷物と同じ重さの先に送られる時間

昨日別れたひとは
光る風に乗って帰った

そして今日
別の事象がやっぱり突然に押し出されて
私はまた坐ったままで
零れ落ちる時間に立ち会っている

十七号線

十七号線を
赤い帯が滲んでいく
流れていくものたちは
雨を赤く砕いている

しっぱいにまぎれこんだ

繋がる従順に
疲れといら立ちがしぶきをあげ

一日の終わりに雪崩れる

西の海の匂い　こびりつかせた大きなコンテナばかりが黒く闇をつくりわがもの顔に威嚇する流れの隙間に身を縮めて耐える時間が間延びして睡魔が手招きをする　西の海が匂う

帰巣本能がのたうつ　澱んだ流れに三色のらんぷが点滅する　赤青黄赤赤赤　せかされ続ける分岐のたびに支流から流れこむ夥しいもので本流は赤黒く濁る　帰巣本能が点滅する

時間を喰い潰し
終着の分岐をたぐりよせ

ここを解体する

　しっぱいははなさない

びしょ濡れの赤黒い氾濫が
あたりまえの日常を呑みこみ
ぬかるんだ結末を
突きつけてくる

十七号線を這っていく

黒のかたち

無彩色の世界を
黒い集団が　動いてゆく

さまざまなグラデーションの黒は
さまざまな手触りで
さまざまな形の影を連れて
黙々と集まってくる

光源色としての物体色としての工学黒色顔料

カーボンブラックファーネスブラック　青み
美しいランプブラック煤油煙　植物黒葡萄蔓
黒パインブラックピーチブラック知っていた
こわいこわい骨黒アイボリーブラック象牙黒
は高嶺の花安価な牛骨こっそり化けて潜入し

知らぬまに背負ったもの
知らぬまに重みを増したものを纏い
支配された時が刻まれていく

箱に吸い込まれキューブに固まる黒
黒い箱が押し出されていく

つぶれた黒は

それぞれの手触りの
それぞれの大きさの
やはり黒い塊を抱えて沈黙したまま

カシミヤ羽毛絹綿毛織物ナイロンポリエステル混紡まじりアトランダムにくっつき合って

運ばれた先で黒を捲れば
色彩は甦るのだろうか
陽はまだ昇らない

移住

ひとは
大地を離れ
薄っぺらな箱に住み始めた
そこは四次元空間で
内部から光りを発し
増殖をくりかえしている

ひとは視線を落とし指をすべらせるだけで指
示は絶え間なく発せられるから眼を離せない

歩くときも自転車をこぎながらそして坐れば
一直線の列になってうつむいて視線を落とす
隣がどんなひとかなにをしているかさえ気に
も留めずにひたすらに自分の世界を覗き込む

あめりかいぎりすけにやおーすとらりあ
ちゅうごくきたちょうせんあるじぇりあ
世界中に一瞬でワープもできるそこ

世界が宇宙が現在過去未来がすべて存在する
そこ今日の天気今日の出来事今日の予定乗り
換え案内料理のレシピ買い物りすと個人情報
新聞テレビ書籍辞書映画館銀行市役所図書館
書店飲食店コンビニエンスストアブティック

貿易会社だってあるゲームセンターは人気の
スポットライブ中継はいかがひととの出会い
も斡旋するよ季節のかおりさえそこから漂う

その街をさまようだけのひとは
脳も退化して考えることをやめた
この街では
ほんの数人が覚醒し
世界を支配する

ブラックホール

重さを比べたら
ひとたまりもない

不用意に近づけば呑みこまれる
宇宙の黒い瞳
虹彩は深い闇をたたえて
光すら通さない

いつから見つめられていたのか
瞳に捉えられたものは

眼をそらすこともできずに
恐怖の底の闇を覗きつづける

体の奥に潜んだ黒い核と　宇宙の瞳とが互い
に引きあって　消滅をひきよせるのだろうか
運が良ければ　逃れる者もいると聞いたから
道をさがす　迷いこんだこの道あの道交わる
たびに迫られる進路　思案の間もデジタルは
数字を食い尽くす　砂時計の底に空いた穴小
さな穴が　命を零す　不器用な手は　受け止
めつづけるものの重さが痛たくて震えている

待ってさえいれば
必ず帰ってきたから

大丈夫という言葉に
疑いすら持たなかった

ホワイトホールなどないと知ったのはいつ
道は瞳に向かって伸び　細胞は分子になり原
子になり　青色巨星や星間塵ニュートリノ
放射や反物質と溶けあい　情報を破壊され経
過を隠されて消えた　地球が煮えくりかえり
細胞も沸騰した　いまいましい夏の日の午後

いまここに
あなたの起こしたビッグバンで
ブラックホールがひとつ
現れはじめる

じゃじゃ馬ならし

昨夏の悪夢が
新たな悪夢をひき寄せたのだろうか

それは暗闇の奥ふかく　密かに密かに匿われ
大切に育てられていた深窓の令嬢　もとい
猫をかぶった　とんでもないじゃじゃ馬娘で

分裂し増殖しまわりをとりこみ侵入し破壊し
つくし手が付けられない　かんしゃくを起こ

したある日　とうとうそのまがまがしい姿を
現す　闇から飛びでて遊び相手が欲しいと手
当たり次第おのれの住む闇に引きずり込む
あの手この手手ぐすねひくじゃじゃ馬どうし
たものか　途方にくれる時が追い越していく

悔ってはいけなかったのに

じゃじゃ馬娘捕まえしろい部屋で日常を重ね
積み上げ　箱入り娘に変換する手を思案する
次々と落とす雷を数え　消滅させる可能性の
数を数える　しろい部屋でする仕事は　数え
ることと知る　じゃじゃ馬娘の頭なでながら

陽はあんなに輝いているというのに

じゃじゃ馬の名は〈幹細胞〉と知る　問題の
幹という性根叩かねば雷で焼きつくされ　母
屋は消滅する　叩け叩け刺客が見つけたたっ
たひとつの泣き所　リウマチの薬が護符とい
う　時をかせいで時を待つ　その時を数える

たゆまずくじけぬ
根競べが　始まった

遭遇

それ　は突然やってきた
十万人に十一人の発生で
悪化するのは二十五パーセント
呼吸困難の四パーセントもなんのその
窒息寸前の二十三万人に一人の唯一の喉元へ
ぴたりと張り付いた　それ

どこまでも増殖して満ち
占拠された場所は

四十度の熱に熟れ
ヒュウーヒュウーとゴボゴボと
不気味な音を立て
果ては水も空気も通わない

突然の無音　どこまでも無音
恐怖の底は　紙一重で捲れている

カニューレに支配され　チューブに繫がれる
見開いた眼は事態を見究めようとするのだが
穴から侵入する生暖かい空気が思考を停止さ
せる　けたたましく音をまき散らし蹴散らし
てようよう着いたここの　果てしのない無音

どこまでも無音の導く指先
紙一枚が　命を繋ぐ

四十度の熱は熟れたまま
酸素を大量に消費して
恐怖は眠りを追いたてる
その先の意識はおぼろに揺らぎゆらぐ

それ　は
いつだって突然にやってくるのだ
「まさか」を従えて

＊カニューレ　医療器具　喉に挿入する管

窓

疲れた顔がいくつもいくつも
紺のスーツ白いブラウス鞄を抱え
暗い電車の窓に重なって映り
ぬかるみに足をとられた心が
揺られている

かがやく風はきらきら時速二七〇km一直
線のみらいめざしたはずが　排気ガスと
黄砂けぶる都会に足が竦む　暗闇にとり

囲まれ蛍の光さがし集めて出口さがすが
行く手にはブラックホールが口を開ける

きのうもおとといも
ひと月まえのきのうも
窓は顔を運んでいた

コンクリートのオフィスではいつだって
切れ目なく質問の矢が心臓をめがけ飛ん
でくる　何故をくりかえす口が一列に並
ぶバリケードの前で　晒される来歴試さ
れるＩＱ　流れる滝の汗もう失神しそう

擦り切れる若さが

もうあきらめようかとささやくが
十の二十のバリケードけちらして
きっと未来こじ開ける
闇に見入るいくつもいくつもの瞳たちは
切り拓いた未来明日は映そうと
そっと窓に約束している

II

ここ

　やわらかい
　だからふみだせない

あしたも
あしたのあしたも
ひとつきさきのあしたも
つながらない　みらい

気づかぬうちに閉じこめてしまったから　い

つからいるのか知らない　濁った闇が視界を
遮るから　ただ蹲まっている　果てしない無
為が　ここにいればいいただ蹲まっていれば
いいという　けれど闇の底の底からは　失く
してはならないものが　かすかな声を発する
失くしてはならないものは　ときどきほんの
ときどき光が差しこむとき　闇を透かして外
の未来をみせる　きらきら輝いて輝いてもう
手が届きそう　何故かわたしの未来だとたし
かに思う未来が　誘っているおいでとまねく
まねかれるままに　光の中に身を晒していた
光を浴びた痛みが不安をまねき　追いかけて
きた闇は　素早く不安をつかまえ押しつぶし
連れ戻すと　不安は自ら扉に鍵を掛けている

いごこちがいいなんて
おもっていないよ

もがけばもがくほど
ふかくしずんでしまうばしょ

いつかかぎをすてられて
そとがここにはいりこんでしまえば
あしたもここになだれこんで
みらいがわたしをつかまえるかな

しろい部屋で

しろい部屋に住んでいる

しろい天井しろい床しろい壁窓はないしろい
床に影はくろぐろと落ちてしろい時が流れる

目をつむると
開けられなくなった瞼

瞼に光を感じながら眼の底の闇を覗き込む今

日も明日もその次の日も　覗き込む闇覗き込
まれる闇の底にあのときそのとき瞬間が羅列
され照射され心を刺し貫く　その度に一度死
ぬ繰り返される死が喰い尽くす柔らかい明日

覚えている?
ここに来る前のわたしを
どこかに紛れてもうみつからないわたし
だけど確かに存在したわたし
どこへいったのだろう
そういえばドアもしろく塗り込められていて
みつけられない

薄れる意識をかきわけかすかなあきらめない

意志が　闇のなかをそっとたちのぼってくる

取りかえしたいものがある　知らずに奪われ
たものたちが帰るところを探してざわめく
色彩を持ったものたちが　集ろうとしている
瞼を開けて歩きはじめれば　ドアはみつかる
と教えるものがいるから踏み出してみようか

しろい天井しろい床しろい壁窓はないしろい
床にくろぐろと影を従えしろいドアを開ける

白とピンクの部屋で

そこには始まる昨日と
手放す明日が　ある

扉は拒むことなく
いつも開かれているというのに

白とピンクで仕切られた部屋には
明るいと暗いが吸い込まれていく
明るいが入っても暗いが出てきたり

暗いが入っても明るいが出てきたり

突然に起こる泣き声
親しみの再会
走り回るもの
手際よく動く白い制服
声は右の耳から左の耳にとおりぬけ
順番が半日を食い尽くす

始まる昨日に
辿りつけない不安が
廊下の曲がり角あたりに淀んでいる

うれしい明日が周囲にうちよせ

逃げ場を奪うから
曲がり角では
手放す明日が耐えている
言葉が食い尽くされたまま
坐りつづける半日を
椅子がひっそりと支えている

また　告げられる時が
迫っている

置き去りの朝

緊急がけたたましく
数軒先の当たり前にわりこむ

慌ただしいドアが
ばたばたと叫びあい
足音が飛びだす

どこ?

いつのまにか時が零れていると
首をかしげてすれ違った日
そのひとの後は灰色に溶けかけていたのに
そのままやり過ごしてしまった

だって知られたくなかったもの

まき散らされるランプの点滅と
切れ目なく生みだされる音が
二週間と気づかれた非在を告発する
あの日溶けだしていたものは
たしかに匂いを放っていたことを

連なるばかりの家は

ひとを分断して囲いこみ
塀の隙間の闇は繋がりを拒絶する

かたわらのひとが
だれにも内緒で時を手放した日
落とし穴が黒くわらった

あとからおいで

それでも首をかしげて
灰色ばかりが滲みだしていたひと
さよならの言葉さえ置き去りにして
目覚めない眠りを眠って

齋藤さん

屋根の上で
暑い日差しに焼かれ
雪や風に晒され
一年が過ぎ
すこしずつ老化している

毎朝風が遊びに来て
陽のひかりが一日中あふれるここで
ときどき私の出番が来た

具合が悪い時は
重く湿った布団を渾身の力でパンパンと
激励した　湿り気を追いだすために
その頃は楽しそうな齋藤さんの笑顔も
ご褒美だった

くしゃみしたら肋骨が折れた
座ったら痛くて立ち上がれない
夫は気が短くなってすぐ怒鳴る
医者は夫ばかり心配している

元レントゲン技師の夫は
心臓病をわずらいペースメーカーを埋め込み

入退院ののち認知症も発症し
齋藤さんが入院したあとは
朝昼晩にヘルパーが入っていたが
ある朝亡くなっているのを見つけられた

齋藤さんは家に帰ることもなく
息子の家の近くで夫の葬儀を終え
特別養護老人ホームに入った
一人息子は
遺骨だけを家に戻し帰っていった

夫婦の体を包む寝具の
湿り具合ふくらみ加減を敏感に感じとり
夫婦の悩みや悲しみを叩きだし

日々を膨らませてきたわたしが
だれもいない家を
屋根の上から見守っている

ピンク色の体が白い骨に変わり
わたしが役目を終える日もちかい
そして
ふたりの暮らしの記憶もきえる

そのひと

雨の中を歩いて
そのひとに逢った

そのひとのようで
そのひとではない人が
坐っている

いくつもの哀しみに寄り添っているうちに
哀しみがそのひとを食べ尽くしたと

そのひとのような哀しみが告げる

いつだっておもわず矢面に立っていき矢面で
災禍はなんとか回避されるが護られたひとは
気づかないかわりに災禍はそのひとに深く潜
入しそのひとをいつまでも犯しつづけている

誰も災禍に気づかないから
そのひとの苦しみにも気づかないまま
それぞれの日常を微睡んでいる

そのひとももう自分の日々を微睡んでいい
かまって欲しいものたちと
格闘する忙しさにまぎれればいい

わたしの中にも哀しみが
ひそかに住み始めた気配を感じながら
帰り支度をする

雨の中を歩いて
そのひとと別れた

晒されて

晒されることは
光も風も雨もすべて受け入れて
透きとおっていくことと思っていたのに

日常が降り積もると
濁った灰色がまとわりついてくる

ここだけ暮らしが消えた場所で
どこにも行けないままに

身動き一つしないで晒されている

忘れられたまま届かない声を発信する　全て
忘れられていいと思っているのに立ち去れな
いから　汚れた体が重い　在るということが
重い　在った暮らしが消えることを許さない

隣家の半分しか開かない窓の
わずかな隙間からしか見えないここは
気まぐれに思い出される

一瞬の確認が通りすぎたあと
気まぐれな窓は何日も開かない

晒される時が降り積もれば
ここと在った暮らしを捨てて
透きとおっていけるのだろうか

Ⅲ

するので

胸がすうすうする
冷たい風がふいて　ね

触ると
ごつごつした思いが
指先にあたって
昨日が
声をかけてくる

あんなにまがまがしく
生えそろっていた不揃いのつぶつぶ
何かの拍子で増えてしまって
恥じて消えると告げてくる

それなら
消えてよ　って言ったら
そうなんだけど
つぶつぶがひとつずつ主張して
なかなか難しいって

胸のつぶつぶは
温もりを押しつぶすから
こころが凍える

胸が　すうすうする
つぶつぶが冷たい　ね

零れる

あの日から
動かない

時の流れが数日でぐぎられ
追跡される動線が赤い

蜘蛛の巣にかかった恐怖が
神経をゆっくりしびれさせるから
時間は滞ってとけてしまう

動くことは悪いこと
静かに眠っています
目覚めなければ
　時を飽きることはない

動きすぎたものが
動線を確認されている
六〇〇万年まえからの
歩いてきた道がつまびらかになる

そして時どき
会ってはならないものにであう

細くなる手足
細くなる心

太った恐怖が笑い声をたてて
五月のいのちはにぎやかに零れる

帰郷

おまえを知っている
と　樹々が匂いたったか

住宅に端をけずられ
橡十数本しかない
斜面ばかりの林が身をよじる

　行き来の絶えた空を
誰に断ることもなく

国境を　越えてきた

かくれることなど
できそうもない貧しい場所に
戻ったおまえ　ホトトギスよ

私の庭の
月桂樹とピラカンサの枝で
たった一声
懐かしいうたがひびいた

行き来できない私は
枝をばっさり切って
空を　ひろげている

おまえを待っていた
と　枝たちは笑ってゆれたか
梅雨空と不安ばかりが垂れ込める
七月の初めの日に

突然

突然は
　やっぱり突然きました

小さなものばかりが集まり
濃密に過ごすその場所で
突然　にあいました

声が湧き上がり渦巻き
小さな足跡で埋め尽くされ

時々さまざまなものを増殖して
入り混じりうごめくその場所

　　ディスタンスってなあに？
　　あたらしいダンス？

年が足りないのです
呼んでもらえないから
不安を鞄につめて毎日連れていきます
休めないので毎日連れていきます
私たちは年が足りないのです

潜んで増殖したものは
顔もみせずにすりよったので

みんな気づかないうち
突然　にあいました

　なんだかあついんだ！
　もうおどれないよ！

高い熱までやってきて
先生に言われました
ビンゴ‼って

　突然が
　やっぱり突然きたのです

踏み外す

気が付くと
陽が陰って
薄闇の中を歩いている

くすぶった風が巻き上がり
風が雪を吹き飛ばしていく

いましがた
いつもの庭で紫陽花を一枝

切り取ったところなのに

一瞬で
世界は日常を踏み外し
見知らぬ風景に踏み込んでしまう

この場所がどこなのか
移動の記憶はきりとられ
空には火花が飛び散るばかり

どこかから警告が届くが
のっぺらぼうの平面に
身を隠す場所はない

火花とともに落ちてきた突然が
執拗に追いかけてくる

　世界は
　踏み外したまま
　日常は途方に暮れて荒野を広げる

陽がささない暗闇に
闇を好むものが住みついていく

世界は戻らないけれど
さっき切った紫陽花の花にいた蟻を
庭に戻そうと考えている

びわの実

庭のびわの木に
鳥たちがきている

あまり毎日様子を見にくるので
ぜんぶ食べられてしまうのではと
手が届く実を採ったのが昨日

手の届かない実は
あんなに楽しみにしている鳥の分と

負け惜しみをつぶやいて

高い所の鈴なりの甘い実は
あっという間にオナガとツグミの集団にさらわれ
集団が荒らしたあとは
ヒヨドリが一羽で根気よく啄んでいる

今はスズメの声が聞こえる
毎日見にきていたシジュウカラはこない
鳥の賑わいが近くの花屋の店先でうわさになる

この空の続くかなたの街は
そろそろ緑が濃くなる季節
鳥たちはどうしているのだろう

それでも立ち去れない人々をのこして
隣の国に逃げてしまったのか
緑の焼けただれた街に鳥の姿は　映らない

鳥たちがにぎやかに囀る幸せに
一日じゅう　ただただ耳をすます

距離

偏西風が蛇行するので
季節も蛇行している
空ではまっ白な縮緬の雲が広がって
おおきな絨毯のよう

気象庁では赤信号の点滅音が鳴りひびき
声をかぎりに危険を知らせているから
脳細胞は〈危ない〉が分かっている

叫んでいるテレビの前で
手足の細胞は〈危ない〉を感じない
誰も遮断機を下ろさない

そうなんだと流して聞く感覚に
慣れてしまった日常が
突然の顔をして〈危ない〉を連れてくる

熱波も寒波もミサイルも
あけっぴろげの空間から打ち寄せるから
気づいた時には命がお終いになる

もういくらなんでもこの国も
うっかりばかりはしていられないはずなのに

脳細胞と手足の細胞の距離を
どうしたら縮められるか
どこに遮断機を下ろしたらいいのか
歴史が蛇行する地球に向き合う時がきている

脱皮

〈ちょう〉が〈しょう〉に脱皮した
〈ちょう〉は静かに優雅に　舞った
とばかりは言えないけれど
それでも　自分をわきまえていたので
いろ　かおり　かたちを探りながら
花　から　花を見極めて
自分の食草を選んで立ちふるまっていたのに

〈しょう〉は生まれたばかりのときは
まだ自分が何ものか認識しきれなかった
ニューロンは伸びきらず
手足への指令がスムーズに伝えられなくて
挑発されると
大きな声を上げて高く低く鳴きかわし
昼夜かまわず飛び立って

脱皮したばかりの身体は
固まらずにぶよぶよと不気味なまま
定形を保てないので
あちこちにぶつかっては落ちてばかりいて
その醜さが見えた

このごろは
それでも体が固まってきて
〈しょう〉はカブトムシの姿を現して
南の島では手あたりしだい見境なく
繁殖し始めた

となりのならず者たちに
不安ばかりがかきたてられ
街には〈しょう〉を頼るものが増えた

身体が固まったからといっても
脳細胞は本当に成長したのだろうか
〈ちょう〉の舞いかたを思いだしている

＊庁から省に

肋骨

その肋骨は
斬られねばならなかった

肋骨には
死にそびれた人の意思が巣くって
いつの間にか空洞をつくり
内部を犯した

死にそびれた人の

人の首は切ってはいけないという意思は
その人を眠らせず
昼も夜も駆り立て奔走させたから

五本の肋骨を
鋸で引いて
一本ずつ除いた後に
細胞が腐ってできた空洞は押しつぶされ
生き残った細胞は
深呼吸して生きることを決意した

肋骨と引き換えに手に入れたものは
人を愛するこころ

死にそびれた人は
愛することの難しさを
言葉の森に托卵したまま
言葉の森で日が暮れて行き方しれず

このごろときおり風の中に肋骨が見える
虱とともに消えたはずの戦(いくさ)が
肋骨の内側の七十年の空洞に巣くい
自分を愛することを
忘れよと強いる

また肋骨を斬る時が
迫っている

あとがき

ひとはいつも、非日常を歩いているのかもしれない。

前詩集『しろい風の中で』を出したあと、突然、非日常の日々に迷い込んだ。コロナウイルス発症により世界中で命が失われた。世界が密接に繋がっていることを身をもって知らされた瞬間であった。人の流れは止められ国々が孤立した。五月に五類に分類が変更されたもののウイルスは進化を続けいまだに終息はみられない。人の流れが止まり国が孤立すると、コミュニケーションが取りにくくなり、昨年二月には身勝手な論理でロシアがウクライナに侵攻し、戦争が始まってしまった。ウクライナの日常は、人々の命が奪われる日常にとって代わった。その振る舞いに今度は物流が止まり、物価が上昇して日本でも経済格差が広がっている。一方、突然でない変化は気づかれにくく、ヒト族の欲望が地球を壊し続けたため、とうとう気候もまがまがしい姿を見せはじめた。

　私も非日常を生きてきた。たくさんの出会いと別れがうち寄せ、そのたびに心が震えた。「生きる」ことに向かいあうことで作品がうまれた。

　詩集を編むにあたって思潮社の小田康之氏、編集の遠藤みどり氏と装幀の和泉紗理氏には幾度も相談にのっていただき丁寧な提案に導かれました。ここに感謝申しあげます。

二〇二三年　五月の雨の日に

田中眞由美

田中眞由美（たなか・まゆみ）

長野県松本市に生まれる

詩集
『インドネシア語と　遊んでみま詩た』花神社、一九九一年
『降りしきる常識たち』花神社、二〇〇一年
『指を背にあてて』土曜美術社出版販売、二〇〇六年
第六回「詩と創造」賞・第十九回長野県詩人会賞
『待ち伏せる明日』思潮社、二〇一八年
『しろい風の中で』土曜美術社出版販売、二〇二一年
第五十三回埼玉文芸賞

第十一回上野の森美術館「日本の自然を描く」展佳作入賞

現住所　〒三五二―〇〇三四　新座市野寺二―四―三十四

コピー用紙(ようし)がめくれるので

著者
田中眞由美(たなかまゆみ)
発行者
小田啓之
発行所
株式会社思潮社
〒一六二―〇八四二　東京都新宿区市谷砂土原町三―十五
電話〇三―五八〇五―七五〇一（営業）
〇三―三二六七―八一四一（編集）
印刷・製本所
創栄図書印刷株式会社
発行日
二〇二三年八月十日